福爾摩斯
SHERLOCK HOLMES
——神秘老人的謎題——

Sherlock
Holmes

SHERLOCK HOLMES

大偵探福爾摩斯

實戰推理系列

福爾摩斯

SHERLOCK HOLMES

—— 神秘老人的謎題 ——

實戰推理短篇 **神秘老人的謎題**

解謎單張 3

神秘老人 11

老人的下落 28

實戰推理短篇 **蛋糕的追憶**

惡童的欺凌 42

地下密室 56

人生的恩人 75

實戰推理短篇 **碎衣怪客**

洗衣店謎案 80

怪客的謎題 90

再度碎衣 106

　　少年夏洛克一如以往地在豬大媽的雜貨店中幫忙。自從遇襲案*之後，豬大媽總是鬱鬱寡歡。夏洛克雖然儘量抽空相伴，但始終沒法讓豬大媽提起精神來。為了減輕豬大媽的負擔，他比以往更賣力地為她打點店子。

　　這一天，他正在門外執拾貨物時，穿着格子外衣，頭戴報童帽的猩仔，一蹦一跳的走到他的跟前。

---

* 詳情請閱《大偵探福爾摩斯⑤少年福爾摩斯》。

「嗨！**乾弟弟**，你大哥我來了！」猩仔高聲嚷道。

夏洛克沒有理睬，繼續利落地把不同種類的糖果**分門別類**地盛到不同籃子中。他認識這位猩仔，但不想承認自己是乾弟弟，所以故意裝作聽不到。

猩仔看到他沒反應，提高聲量叫道：「乾弟弟！你耳屎太多，所以聽不到我說話嗎？」

「**你才耳屎多！**」夏洛克忍不住說，「還有，我不是你乾弟弟。」

「你不認我做大哥也罷，起碼也叫我一聲猩

哥呀。」猩仔搭着夏洛克的肩膊**故作熱情**地說道。

　　夏洛克與猩仔在數星期前相識，那時候，雜貨店的店主豬大媽遇襲暈倒，夏洛克匆忙找路人幫忙，慶幸對方懂得急救，豬大媽才能**安然無事**。但是，沒想到猩仔竟然在那時亂闖進來，更令人意外的是，那位熱心的路人不僅是猩仔的老相識，還是一名**私家偵探**。兩名少年更在他的帶領下，查出襲擊豬大媽的兇手，並將之**繩之以法**。

　　在那之後，夏洛克沒再跟猩仔見面，想不到他今天會忽然找上門來。

「?」代表甚麼數字？
自命聰明的人啊！我在海德公園
第?張長椅上等你。答中有獎！

$$--- = 0$$
$$-+ = 2$$
$$+- = 9$$
$$++ = ?$$

謎題①

「你找我幹麼？」夏洛克側身甩開猩仔的手問。

「我在大街那邊拿到這東西。」猩仔從口袋裏掏出一張皺巴巴的單張。

「唔？只是一些＋－符號和數字，究竟是甚麼意思？」夏洛克看着單張，不明所以地問。

「我想是甚麼人設計的解謎遊戲吧。你不覺得很有趣嗎？」猩仔興奮地說，「你不想試試解答嗎？」

說到解謎，夏洛克馬上想起那位充滿智慧的私家偵探：「這些事你該去找桑代克先生啊。」

「哎呀，還用你說嗎？我早已去過了，可是

我幾次到 **偵探社** 拍門，都沒人回應啊。」

「那麼，你可自己試試解謎呀，難道試過了卻解不開？」

「我……我怎會解不開？」猩仔一怔，但馬上反問，「嘿！我想**考考你**罷了！你知道答案嗎？」

夏洛克取過單張再仔細地看了一會，說：「這些 ➕ 和 ➖，看來是和算術有關呢。」

「哎呀，任誰也知道那是『**加**』和『**減**』呀，當然與算術有關啦！」猩仔沒好氣地說，「問題是『❓』代表甚麼數字呀。」

「『加』和『減』？」夏洛克瞄了猩仔一眼，搖搖頭說，「你看到的和我看到的並不一樣呢。我已算出答案了，『?』代表的數字是『20』。」

「『20』？」猩仔摸不着頭腦，「你怎算出來的？」

「甚麼？原來你不知道嗎？」夏洛克斜眼看着猩仔，露出一副懷疑的表情。

各位讀者，你們知道為何答案是「20」嗎？想不到也沒關係，答案可在第40頁找到。

「不……哈哈哈！」猩仔慌忙假笑幾聲，「我當然知道啦！既然已算出了答案，我們馬上去海德公園看看吧！」猩仔抓起夏洛克的手臂就想跑。

「不，我還要看店子啊。」夏洛克有點猶豫。

「**你去吧。**」豬大媽突然從店裏走出來說。

原來，猩仔嗓門很大，兩人的對話她全都聽到了。

「可是，你的病剛好……」

「放心，我很健康，還輪

不到你這**小鬼頭**來替我擔心！」她像大力士

似的舉起雙臂，中氣十足地說。

夏洛克知道豬大媽希望自己**多交朋友**，不要老待在店子裏，才會這樣逞強。因為，自己之前老是在學校打架，沒交到甚麼朋友。她已經**不止一次**提醒自己要認識多點年紀相若的朋友了。

「我的糖果很好吃，你有空要多來光顧喔。」豬大媽對猩仔笑道。

「**好呀！**」猩仔回應一聲，隨即推着夏洛克說，「快走吧！快走吧！」

「**哎呀！**別推我，我自己會走呀。」夏洛克沒好氣地說。

神秘老人

　　海德公園是倫敦最大的公園，它面積廣闊，就算平日也有不少人喜歡到這裏散步和野餐，是能讓人忘卻城市繁喧的**神奇綠洲**。夏洛克與猩仔來到這裏後，才發現這公園實在太大，單是長椅就有超過100張。

　　「說到底，**第20張長椅**即是哪一張呀？」猩仔看着散落於公園四處的長椅苦惱地說。

　　「在長椅背後都有**一組數字**呢。」夏洛克用心觀察後說。

原來，每張長椅上都刻有不同的數字，讓公園管理人員可以根據這些**號碼**來識別椅子的位置，方便管理和維修。

兩人根據號碼沿路前進，終於在一棵大樹的樹蔭下，找到**第20號**長椅。但猩仔反復地小心檢視，都沒發現椅子有甚麼特別。

「哎呀，是不是你算錯了數目呀？」猩仔向夏洛克抱怨地說。

「嘿嘿嘿，看來你們已破解了單張上的謎題呢。」忽然，一個**沙啞的聲音**從背後的大樹傳來，把兩人嚇了一跳。

夏洛克**回頭一看**，只見一個人影隱藏在樹蔭之下。

他定睛看去，才發現是個老人。他身穿深綠色的大衣，留着長長的灰白鬚子，頭髮**蓬蓬鬆鬆**的，像是很久沒有修剪過。

「是啊！是本大爺破解的。」猩仔毫不客氣地把功勞歸於自己。

「真是**天資聰慧**，像你們這樣的天才，將來一定會成為大人物！」老人口甜舌滑地吹捧。

「哇哈哈！過獎了，那點小謎題，怎會難倒我們。」猩仔**自我吹噓**。但夏洛克卻感到有點不自在。

「那單張是你寫的嗎？」他向老人問道。

「沒錯，老朽外號**智慧老人**，最喜歡創作謎題。」老人捋了一下**鬍鬚**說，「既然創作

了嘛，當然想讓其他人來玩玩啊。」

「單張上說答中有獎？你沒**說謊**吧？」猩仔毫不客氣地追問。

「當然沒說謊，你們已獲得了參加解謎**比賽**的權利啊。」老人張開雙手誇張地說明，「只有真正聰明的人，才有資格參加我設計的比賽。」

「請問是甚麼比賽？」夏洛克問。

「只要能連續破解我**3道謎題**，你們每人就可得到**10枚銀幣**作為獎金。」老人狡黠地一笑，不慌不忙地補充道，「不過，你們得各自先付1枚銀幣作為**參加費**。」

夏洛克用肘子輕輕地撞了猩仔一下，低聲說：「這也太可疑了吧。」

「你們這麼聰明，不會害怕甚麼謎題吧？」老人巧言道。

「這個當然！我又帥又聰明，沒甚麼好怕的！」猩仔被讚得飄飄然，自吹自擂地說，「我參加！儘管放馬過來吧！」

說着，他掏出1枚銀幣交給老人，並對夏洛克說：「你沒錢參加的話，就看我表演好了。」

「誰說我沒有！」夏洛克不服氣地掏出1枚銀幣交給

老人。那是豬大媽給他的**工錢**，本來打算交給媽媽當家用的，但能夠贏得10枚銀幣的話，媽媽一定會更高興。

老人收下銀幣後**咧嘴一笑**，露出了滿嘴爛牙，說：「嘻嘻嘻，首先是這道謎題，你們看看。」說着，他掏出一張紙遞了過去。

「唔？」夏洛克接過那張謎題紙細看，只見上面有6組由**黑色小方塊**組成的圖形。

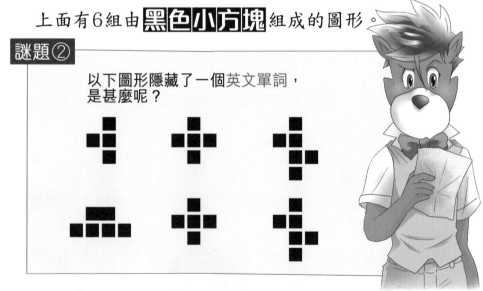

謎題②

以下圖形隱藏了一個**英文單詞**，是甚麼呢？

「哎呀，你看不懂的啦，讓我來吧。」猩仔

一手奪過謎題紙，看了又看才說，「唔……？
這些小方塊隱藏了一個英文單詞？難道要用
火炙一下才能看見？」

「哎呀，這是考智力的問題，破解它只須
使用腦袋，毋須使用其他工具。」老人沒好氣
地提醒。

「是嗎？唔……惟獨第4個圖案有點與別
不同呢。」夏洛克拿回謎題紙想了想，忽然眼
前一亮，「啊！我知道了！」

「甚麼？你這麼快就知道了？」猩仔訝異。

「不要把注意力放在黑色小方塊上，就
能看到答案了。」夏

洛克一語道破，「第
一組方塊其實是英
文字母『C』！」

「呀！」猩仔大吃一驚，慌忙凝神盯着另外幾組方塊。

不一刻，他靈光一閃似的，一步搶前，在老人的耳邊低聲說了些甚麼。

「哈哈哈！好厲害！」老人笑道，「全對！你的答案全對了！」

「哇！我贏了！」猩仔使勁地擦一擦鼻子，揚揚得意地朝

各位讀者，你們知道猩仔所說的答案是甚麼嗎？想不到也沒關係，答案可在第40頁找到。

夏洛克咧嘴一笑，還擺出了一個「V」形的**勝利手勢**。

夏洛克只能無奈地苦笑。

「好！再來下一個吧。這次的難度**稍稍提升**了。」說着，老人掏出了另一張紙。

謎題③

以下圖案隱藏了一個英文單詞，那是甚麼呢？

「這次是圖案呢？**我猜答案是——**」

夏洛克還未說完，猩仔已不滿地嚷道：「**喂喂喂！**你又想搶答？這題應該由我先答呀！」

「好吧。」夏洛克知道與猩仔爭辯只會沒完沒了，只好退後一步，任由他去解答。

「唔……這些圖案與英文單詞有關連的話……？」猩仔想了想，信心十足地說，「對！應該先把代表圖案的英文寫出來！」

「嘿！你的**思路正確**。」老人笑道。

「**唔？**」可是，猩仔卻搔搔頭。

「怎麼了？」夏洛克問。

「我不懂這圖案的英文單詞怎樣寫。」猩仔指着「蝙蝠」說。

聞言，夏洛克和老人腿一歪，差點同時摔倒。

「是『**BAT**』吧？右邊應該是『**BAG**』。」夏洛克說。

「啊？左右兩個單詞**很相似**呢！」猩仔感到意外。

「對，只差一個字母而已。」

這時，猩仔和夏洛克沒察覺到，在他們你

一言我一語之間，老人露出了奸詐的笑容，
似乎心中另有盤算。

「所以，那個『≠』是代表兩個單詞並不
相同！」猩仔說。

「那麼，你知道其他圖案代表甚麼單詞
嗎？」夏洛克問。

「我嘛……嘻嘻嘻……哈哈哈……」猩仔以
假笑掩飾不懂解答的尷尬，並說道，「我突

然發覺自己常常搶着回答，實在有失**大哥的**

身份。況且這道謎題太容易了，就由你來表演

吧。」

　　「是嗎？」夏洛克斜

眼看了看猩仔，然後把英

文單詞寫在那些**圖案**的

旁邊，遞給了老人。

老人看了看，誇張地讚歎：「嘩！好厲害！全答對了呢。」

「真的？給我看看！」猩仔想伸手去搶那張**謎題紙**。

各位讀者，你們知道夏洛克所寫的單詞是甚麼嗎？想不到也沒關係，答案可在第40頁找到。

但老人一手就把謎題紙塞進自己的口袋中，說：「你不是已知道答案了嗎？還看甚麼？」

「**啊！**」猩仔一怔，慌忙辯解道，「我只是想看看他有沒有寫錯罷了。」

「好了！接下來是**最後一關**了，加油吧。」老人說着，從口袋裏拿出一張紙，把它像野餐墊般鋪在地上。夏洛克與猩仔連忙蹲下來細看。老人趁他們的**注意力**全集中在紙上時，已悄悄地退開了。

請根據前面8個方塊內的○、●和■的分佈邏輯，把最後一個方塊內的○、●和■的分佈推理出來。

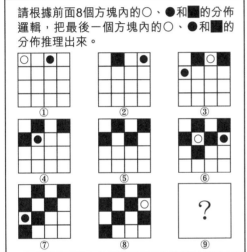

① ② ③
④ ⑤ ⑥
⑦ ⑧ ⑨

這個謎題可把夏洛克和猩仔難倒了。他們**左**看看**右**看看，惟一能確定的是「■」依斜角遞增，但「○」和「●」卻像是**隨機擺放**，完全看不出它們移動的規律。

猩仔拚命地思考，但他愈是努力思考，臉容就愈是**扭曲**，更開始發出一些拉不出屎似的痛苦呻吟：「嗚⋯⋯嗚⋯⋯嗯⋯⋯嗯⋯⋯」

「**等等！** 別那麼用力呀！」夏洛克看到這張似曾相識的臉容，馬上驚慌起來。

「不用力……唔……又怎能破解……嗯……嗯……」猩仔此時已 **滿面通紅** ，他閉着呼吸一會後突然振臂高呼，「**黑點**！我知道了！要留意黑點！」

他的話音剛起，就馬上被「**叭**」的一下巨響蓋過！

「**哇呀！**」夏洛克掩鼻大叫，「桑代克先生不是提醒過你，不要再用拉屎功嗎？」

「**哈哈哈！**」猩仔毫不害羞地大笑，「他叫我用咬香蕉代替拉屎功，但我現在沒有香蕉呀！」

夏洛克使勁地撥開臭氣，說：「算了，快把答案告訴老先生吧。」可是，當他回過頭去時，卻發現老人已**消失**了。

「**糟糕！那老人走了！**」夏洛克大驚。「哎呀！他拿走了我們兩個銀幣呀！」

這時，猩仔兩人才驚覺這是個**騙局**。老人為的是他們的銀幣，根本沒想過要支付獎金。

「追！」兩人急忙追出公園，可是老人**去如黃鶴**，已不見他的**片鱗隻影**。

老人的下落

兩人在附近找了好一會，就是不見老人的蹤影。

「算了，是我們倒霉，再找也沒用。」夏洛克垂頭喪氣地說。

各位讀者，趁猩仔兩人在追尋老人時，你們也想想謎題4的答案吧。
想不到也沒關係，答案可在第41頁找到。

「不行！一定要找到他才行！」猩仔拉着夏洛克說。

「別浪費時間了，全因我們自己貪心才會被騙。」夏洛克晦氣地甩開猩仔的手。

「豈有此理，你怎麼把壞人的錯，說成

是自己的錯？」猩仔斥責，「我們雖然應該反省，但起因是那個**老騙子**呀！」

夏洛克沒想到猩仔會如此 **詞嚴義正**，剎那間變得**啞口無言**，只好跟着猩仔再去追尋老人的去向。

終於，兩人問了一個少女和四個路過的街坊，得知老人原來是附近**臭名昭著**的賣藝人。他常常用各種手法，例如象棋殘局和解謎遊戲等等，引人付費挑戰，但最後總是沒人勝出，街坊們已不再上當了。於是，他到別的地方派傳單吸引**獵物**來到公園，然後再耍計**騙財**。

「那麼，你們有沒有看到老人往哪裏走？」
猩仔向少女和那四個街坊問道。

「我看到老人朝**公園的方向**走去。」少女答。

「他朝**廣場**走去，然後走進了**左邊的小巷**。」街坊甲說。

「那邊的**林蔭大道**正在修路，他應該沒法通過。」街坊乙說。

「我剛才一直在**商店街**，沒有看到老人啊。」街坊丙說。

「老人剛才進了我的**店子**，從店子出來後，往**右邊**走了。」街坊丁說。

老人的下落

謎題⑤

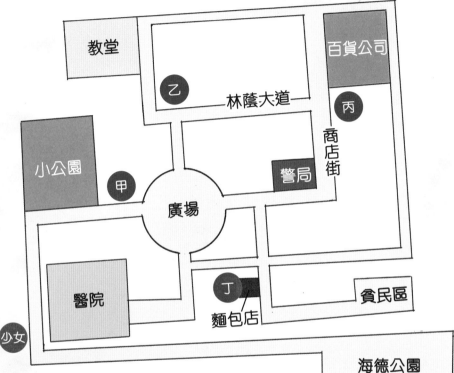

教堂　　　　　　　　　　百貨公司

乙　　　林蔭大道　　丙

小公園　　　　　　　　　　商店街

甲　　　　　　警局

廣場

醫院　　　　　丁

麵包店　　　　　貧民區

少女

海德公園

各位讀者，你們也能依循
少女和四位街坊的說話，
找到老人嗎？
想不到也沒關係，
答案可在第41頁找到。

　　猩仔和夏洛克向五人道謝
後，就依循他們提供的線索，
終於找到老人的房子。

自稱 **天不怕地不怕** 的猩仔，自告奮勇地衝進房子，卻見老人正在照顧一個看來只有**兩三歲**大的男孩。

「喂！你答應會付獎金的！怎麼**一聲不響**就走了？」猩仔不由分說地罵道。

老人大吃一驚，他沒想到猩仔兩人竟會追上門來，只好低頭道歉：「對不起，其實我已**身無分文**……賣藝又沒人看……

又沒有能力掙錢，只靠一點**小聰明**來騙騙人，沒想到你們那麼聰明，把謎題都破解了。非常抱歉，你們那兩個銀幣，已被我用來買了**麵包**和**牛奶**……我和孫兒已兩天沒吃飯了……」

「甚麼？」猩仔訝異，「兩天沒吃飯？我少吃一點也會昏倒，你沒騙我們吧？」

「你看我這裏家徒四壁，就知道我沒騙你⋯⋯」老人有點感到無地自容地說。

夏洛克和猩仔看了看屋內，果然，客廳的陳設非常殘舊，沒有一件是值錢的東西。

「算了吧，他出的謎題很有趣，我們也玩得很開心呀。」夏洛克對猩仔說，他實在不忍心叫一個山窮水盡的老人賠錢。

「我沒所謂啊。」猩

仔聳聳肩，「但你要打工賺錢，那1枚銀幣對你來說也不算少吧？」

夏洛克雖然想反駁，但自從父親離家出走後，家庭**經濟的重擔**就落在母親一個人身上，他的**家境**實在說不上是富裕。

猩仔想了想，就掏出1枚銀幣遞過去：「最初是我叫你來玩解謎遊戲的，那**1枚銀幣**就算是我出的吧。」

「可是……」

「別擔心，我的爺爺非常疼我，零用錢多到**花不完**呢。」猩仔得意地說，並把銀幣硬塞到夏洛克的褲袋裏去。

「對了。」猩仔轉過頭去向老人說，「老頭

子，這次就**放過你**吧。但千萬不要再騙人啊！這是送給你孫子買糖果吃的。」說完，就把**2枚銀幣**放到桌上。

夏洛克見狀，也掏出銀幣放到桌上，說：「**這枚也送給你吧**。」

「啊……謝謝……謝謝你們！」老人驚詫萬分，抱着孫子不斷向兩名少年**鞠躬道謝**。

「老頭子，我們走啦！」猩仔大叫一聲，就拉着夏洛克告辭了。

老人放下孫子走到門邊，看着遠去的兩人**自言自語**說：「猩仔……沒想到你這個搗蛋

鬼竟然**粗**中有細，不僅對人寬容，還樂於行善，真是難得啊……那個夏洛克嘛，實在智力過人，將來**必成大器**呢。」

說完，老人忽然挺直腰杆子，並伸手往臉上一抹，把臉上的化裝抹去——啊！原來他是**唐泰斯**，剛才的一切，都是為了考驗狸仔和夏洛克而設計出來的！

這邊廂，夏洛克與狸仔已走在回家的路上。

狸仔忽然問：「我說呀，你沒想過長大後**做甚麼**嗎？」

「沒有呀。」夏洛克反問，

「你有想過嗎？」

「當然有！我

自小就夢想成為

蘇格蘭場的警

探，為民除害！看你不笨，智商

也比得上我——」猩仔擦一擦鼻

子，**大言不慚**地說，「——的十分之一，不如來當我的部下吧！」

「甚麼？**十分之一**？我才不要當你的部下。」夏洛克受不了猩仔的自大，**一口拒絕**。

「哼，真沒出息。」猩仔**趾高氣揚**地揮一揮手說，「我走這邊啦，後會有期！」

「我走這邊，再見！」夏洛克與猩仔揮別後，獨自踏上了回家的路。這一天的經歷，讓他再一次感受到**解謎查案的樂趣**。

他望着昏暗的街燈，回想起與桑代克先生那段有趣又驚險的探案經歷，不禁喃喃自語：「也許……我長大後，也會當個**私家偵探**吧。」

謎題①

? =20
每一行前後的加減符號，其實是代表中文數字的一和十，「＋＋＋」，是「十加十」的意思，所以答案是20。

謎題②

別被███影響，集中留意███與███之間的空隙，就能發現隱藏着的英文字母。而它們連起來就是COSMOS。

謎題③

把所有圖案所代表的英文單詞寫出來後，就會發現每行都有1個字母不同，只要把這些字母排列起來，就能得出單詞「GHOST」了。

BAT   ≠   BAG

MOUSE ≠ HOUSE

PAINT ≠ POINT

KING ≠ SING

DOG ≠ DOT

GHOST

謎題 ④

其實，○與●一直向右邊逐格移動，但有時會被■遮蓋。只要留意它們的移動規律，就能推測到最後○●兩點會來到第三行。

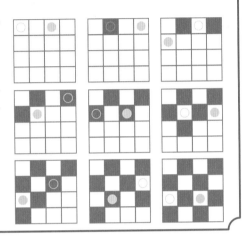

謎題 ⑤

只要想清楚少女和街坊等人面向甚麼方向，弄清左右就能輕易破解這個謎題了。

實戰推理短篇
蛋糕的追憶 惡童的欺凌

「你整天都躺在沙發上，小心變成大胖子
呀。」華生下班回來，看見福爾摩斯**懶洋洋**
地躺在沙發上看書，就忍不住**揶揄**。

福爾摩斯斜眼看了看華生手上的東西，說：
「會變成**大胖子**的人是你吧？買那麼多**蛋糕**
回來吃。」

「這是給自己辛勤工作的**獎勵**啊。」華生提起蛋糕盒子說。

福爾摩斯看到，在純白色的蛋糕盒上，印着一串黑色數字——13.9.12.11.25 3.1.11.5，顯得格外矚目。

謎題①

華生把盒子放在餐桌上，泡來一壺**熱茶**後，說：「我忙得早午飯都沒吃啊。」

福爾摩斯坐直身子，再瞄了一眼那盒子，問：「這不是你平常光顧的蛋糕店吧？」

「這是**新開張**的店子。我看見很多人**光顧**，就買回來試試。你也要吃嗎？」

「不了。給我倒杯茶吧。」

「不過，這新店的店名很古怪，竟然只是一串數字。」華生倒好茶後，坐到餐桌旁。

「不，店名是Milky Cake。」福爾摩斯呷了一口茶，「看來，這店子的主人想跟客人玩解謎遊戲呢。」

「是嗎？你怎知道？」

「不就寫在盒子上嗎？你整天不動腦筋，小心變笨蛋呀。」

「哼，又在故弄玄虛，我才沒空與你爭論。」華生沒理會福爾摩

各位讀者，你們知道店名為何是「Milky Cake」嗎？答案可在第78頁找到。

斯，自顧自地拿出蛋糕，準備飽餐一頓。

「唔？」福爾摩斯忽然抬起頭來，凝神閉氣地緊緊盯着華生手中的蛋糕。

「怎……怎麼了？」華生詫

異地問。

福爾摩斯沒有回答，一手奪過

蛋糕，隨即就咬掉一半。

「喂！你不是說不吃的嗎？」

「**這味道！**」蛋糕的甜味直衝大偵探的

腦門，一段潛藏在其腦海深處的 **兒時記憶** 突

然閃現！

「喂！給我四枚糖果。」

猩仔在雜貨店門外大叫。

「猩仔，你只會**大**

叫大嚷，不懂得禮貌

一點嗎？」豬大媽從店

中走出來，一邊怪責一邊把糖果包好遞給猩仔。

「嘻嘻嘻，豬大媽，對不起啊。你家的糖果特別好吃嘛，我一**心急**就大叫起來了。」猩仔付過款，隨即塞了兩枚到口中，並把剩下的放進口袋裏。

「夏洛克剛幹完活了，你們一起去玩吧。」豬大媽**揮一揮手**，示意正在店內打掃的夏洛克過來。

「好呀！反正我也閒着沒事做，就讓我這大哥**照顧**一下乾弟弟吧。」猩仔搓一搓鼻子，神色十足地說。

「**我才不要**。」與爽快的猩仔相反，夏洛克顯得一臉不願意，但在豬大媽的熱情催促之下，他**逼於無奈**地跟着猩仔出去了。

兩人走了十分鐘左右，來到一排老舊的圍柵

前面。猩仔看看四周沒有人，就領着 **夏洛克** 穿過圍柵，走進了一個 **荒蕪的花園** 中。原來，這是一棟老舊大宅的前院，據說它曾是一個富豪的別墅，後來荒廢了，就成為小孩們的 **遊樂場** 。

「來這裏幹甚麼呢？」夏洛克 **沒神沒氣** 地問。

「玩 **兵捉賊** 呀！我做兵，你做賊！」

「為甚麼我要做賊呀？」

「本大爺長得 **一表人才** ，怎麼看也不像賊吧？

你**賊眉賊眼**，扮賊最合適呀。」猩仔拉一拉衣襟，挺直腰杆子說。

「我賊眉賊眼？」夏洛克**瞪大眼睛**，氣得眼珠都快要掉出來了。

「再說，你的智慧只有我的十分之一，只能做一個笨賊。」猩仔**煞有介事**地補充。

「既然你說比我聰明，就試試解開我這條問題吧。」**不甘受辱**的夏洛克撿起地上的枯枝，在沙地上畫出一些**英文字母**和**箭頭**。

「你這麼有智慧，一定知道圖中的『**?**』代表甚麼吧？」夏洛克用**挑釁**的口氣說。

「我當然知道！」猩仔拍一拍心口，

謎題②

信心十足地說。

但他定神看了一會，卻**一臉困惑**地問：「不過，這些箭頭代表甚麼呀？」

「**聰明如你**都看不懂嗎？」

「甚麼？我怎會看不懂！只是你**畫得太差**，叫人難以看懂罷了！」猩仔厚着臉皮反駁道。

「算了，告訴你吧。那些箭頭代表轉換成**倒影**。」

「倒影？就像人站在**河邊的倒影**嗎？」猩仔想了想，「少騙人！**B**的倒影又怎會是**D**呢？」

「還不明白嗎？你要先把英文字母——」

各位讀者，你們知道答案是甚麼嗎？想不到也沒關係，答案可在第78頁找到。

「哎呀！」忽然，遠處傳來一聲悲鳴，把夏洛克的說話打斷了。

「咦？好像有事發生！先別解謎了！」猩仔趁機擺脫**窘境**，

立刻朝聲音的方向跑去，夏洛克也只好緊隨其後。

兩人跑到大宅旁邊一處**雜草叢生**的地方偷看，發現三個體形較大的小孩正包圍着一個瑟縮在地上的小孩。

「他……他不是**馬齊達**嗎？」夏洛克呢喃，「又被人欺負了？」

「你認識他？」猩仔低聲問道。

「*嗯……他是我的同學。*」夏洛克知

道馬齊達跟自己一樣，都是在學校被同學 孤立 的人，而且因為身形矮小，總是被人 欺負 。

個子最高的那個小孩拿着一個盒子，看來是從馬齊達手上搶來的。他打開盒子以 鄙視的 目光 瞧了一眼，大聲罵道：「你這娘娘腔，還學人做蛋糕！真噁心！」

「噁心死了！」

「娘娘腔！」

另外兩個惡童也一唱一和地罵道。

「請還給我……」馬齊達哭求。

「很想要嗎？那就還給你吧。」高個子拿出其中一塊蛋糕「啪嗒」一聲擲到地上。精緻的蛋糕當場被擲個稀巴爛，奶油更散落一地。

「喂！停手！不要欺負人！」愛抱打不平的猩仔按捺不住，馬上衝到惡童們面前大聲喝止。夏洛克見狀也立即緊緊跟上。

高個子先是一怔，但見來者只是兩個小孩，就高聲反問：「**你們是誰？想幹嗎？**」

「甚麼？連我猩爺你都不認識嗎？我是來主持正義的！」

「哼！多管閒事！一定是**欠揍**了！」高個子把手上的盒子一扔，大喝一聲就衝向猩仔。

「對付你這種小卒，我根本不用出手！」猩仔腳一沉，腰一扭，只是把**大屁股**往前一頂，就把衝過來的高個子撞得**人仰馬翻**。

「你沒事吧？」夏洛克趁機扶起馬齊達。

「我沒事⋯⋯謝謝你。」馬齊達走去拾起被丟到地上的**蛋糕盒**，緊緊地抱在胸前。

「**可惡！**大家一起上！」倒在地上的高個子自知敵不過猩仔，馬上爬起來向同伴高呼。兩個惡童聞言連忙衝前，聯同高個子**一擁而上**，企圖聯手襲擊猩仔。但猩仔異常靈巧，一個轉身就避過他們的攻擊。

「哈哈！就憑你們這些**三腳貓功夫**，想打倒我猩爺嗎？簡直是**天方夜譚**！」猩仔自吹自擂地大笑，卻不小心踩到了地上的蛋糕。他腳下一滑，猛地向後倒跌了幾步，正好與身後的夏洛克二人撞個正着。

「哇呀！」夏洛克**嚇了一跳**，想把猩仔扶住，但猩仔實在太胖了，夏洛克和

馬齊達被撞得人仰馬翻，**不偏不倚**地剛好撞落在大宅地牢的氣窗上。破舊的木窗「**砰**」的一下應聲破裂，三人就這樣掉進了別墅的地牢之中。

「**糟糕！**搞出事了！快逃！」惡童看到此情此景，嚇得**慌忙逃走**。

地下密室

「嗚……好痛呀！乾弟弟……你們在哪？沒事吧？」摔到地牢內的猩仔摸着頭痛苦地呻吟。

「有事呀！我快被你壓成肉醬了！」夏洛克大叫。

猩仔這才發現，原來他壓在夏洛克二人身上，叫他們動彈不得。

幸好，他們墮下的地方滿是紙箱，並沒有受傷。

「哈哈哈！我的屁股全是肥肉，不會壓傷你們吧？」猩仔嘻嘻哈哈地站起來，也順道拉起夏洛克和馬齊達。

夏洛克拍一拍身上的灰塵，抬頭望向那個被他們撞爛了的氣窗。

「氣窗好高啊，又沒有可以攀爬的地方，怎樣出去呢？」夏洛克苦惱地說。

「那怎麼辦？」馬齊達心急得快要哭出來了。

猩仔連忙安慰道：「不用怕，有本大爺在，一定沒事的！」

「那裏有道樓梯，我們可以從那邊出去。」透過氣

窗照進來的微光，夏洛克發現一道可以通往上方的樓梯。

於是，他帶頭前進，猩仔緊隨其後，膽小的馬齊達則戰戰兢兢地跟在他們後面。

他們每踏一步，老舊的樓梯都發出「啪嘞」的聲音，仿似快將斷裂一樣。好不容易，三人終於攀上樓梯的盡頭。可是，出口處的一道門卻把他們攔住了。而且，門上還有一根被鎖着的門栓，鎖頭上有4個可以轉動的輪盤，各有不同的英文字母。

夏洛克檢查了一下，回頭對猩仔二人說：「門鎖了，是個密碼鎖。」

「走開，讓我來開吧！」猩仔推開夏洛克，走到門前，一手抓住鎖頭。

「唏！」他咬緊牙關，大力一拉。突然，「呸」的一聲爆響，猩仔竟然放了個**響屁**。

「哇呀！」站在他身後的夏洛克首當其衝，被臭屁擊個正着。

「哈哈哈，用錯力了。」猩仔以**假笑**掩飾，「這道門很結實呢，竟然連我猩爺也弄不壞呢。」

「我們的鼻子卻給你**臭壞**了！」夏洛克捏着鼻投訴。

「吭吭吭……」馬齊達也被臭屁嗆得不斷咳嗽，「出不去了，怎麼辦啊？」

「別擔心。先搜一下這個 **地牢**，說不定有其他出口。」夏洛克冷靜地帶着馬齊達回到地牢的中央，小心地 **環視四周**。

地牢內物件不多，其中一堵牆上有一幅奇特的 **抽象畫**，上面有 **不同顏色的線** 和 **圓圈**。在抽象畫的旁邊，還有很多幅 **小掛畫**，但它們全部都被漆上單一的顏色，有紅、有綠

也有黑等等。此外，近樓梯的牆邊還有一個堅固的**保險箱**，似乎要用密碼才能打開。

謎題③

夏洛克走近那張奇妙的抽象畫，發現畫框上面寫着「**在○○○○○○的背後**」。

他轉身對猩仔他們說：「你們看，畫框上面有些字，看來是跟上面的畫**有關連**的。」

「不是找出口嗎？幹嗎看畫？」猩仔問。

「這可能是有關密碼鎖的提示呀。」夏洛克解釋。

「那些……顏色線與圓圈……可能代表甚麼意思吧？」馬齊達小聲地說。

「先從最少 圓圈 的那列入手吧。」夏洛克說。

接着，他凝視着那些圓圈喃喃自語：「紅色線與三個圓圈……紅色……RED……」

「咦？RED不就是三個英文字母嗎？與三個圓圈相符！」猩仔從夏洛克的說話中得到啟發，馬上搶道，「我知道答案了！那就是——在橙色的背後！」

「不過，那又有甚麼意思呢？」猩仔搶答完，卻又 不明所以 地搔搔頭。

「橙色……？為甚麼是橙色？」事情 來得太快，馬齊達有點不明所以。

你們知道為甚麼答案是橙色嗎？答案可在第78頁找到。

「橙色的背後，會不會是這裏？」夏洛克走過去拿掉橙色的小掛畫，果然發現**暗藏玄機**。原來，在小掛畫後面的牆上，刻着一個由很多格子組成的圖案，下面還寫着「LWRHLY」。

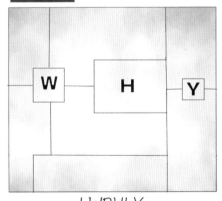

謎題④

LWRHLY

「WHY？」猩仔望着格子上的英文字叫道，「我也想問『**WHY**』呀！」

「冷靜點，叫是解決不了問題的，要努力思考才對呀，這格子一定有**甚麼意思**的。」夏洛克說。

「哎呀，**我餓了**！思考不了呀！」猩仔沒理會夏洛克，繼續**哇哇大叫**。

這時，夏洛克的肚子也「**咕**」的一聲響起。

他摸摸肚子說：「聽你這麼一說，我才記起還沒吃**午飯**呢。」

「呀！差點忘了。」猩仔想起甚麼似的，急急從口袋中掏出兩枚在豬大媽那兒買的**糖果***。當他正想把糖果塞到嘴巴裏時，眼尾卻看到兩個同伴正盯着他。

他用舌頭舔了舔唇邊，然後「**嘀咚**」一聲吞了一下**口水***，就把糖果遞到兩人面前說：「我這兒有兩枚糖果，你們拿去吃吧。」

「**你不是餓了嗎？**」夏洛克說，「你自己先吃吧。」

「誰叫我是你的乾哥哥，當然要讓乾弟弟先吃啦！」

「那個……如果不嫌棄的話……其實我有些**自製蛋糕**……」馬齊達看着兩人**你推我讓**，於是戰戰兢兢地提議。

「你自己做的？」猩仔訝異。

「嗯……不過剛才掉到地上，應該摔爛了。」馬齊達打開蛋糕盒子，果然，裏面的蛋糕已經**支離破碎**。

「哇，全爛了！賣相很差呢！」**口沒遮攔**的猩仔嚷道。

夏洛克連忙用手肘撞了他一下，猩仔意會，馬上改口說：「哈哈，不過吃進肚子都一樣，而且看來**很美味**呢。」

看到馬齊達**一臉委屈**的樣子，猩仔馬上抓起一塊塞進嘴裏，但只是咀嚼了兩口，卻突然停了下來。

「怎麼了？很……很難吃嗎？」馬齊達擔心地問。

「哇！太難……**太難用詞語形容了！**」

「我……我就知道做得不好……」馬齊達**哭喪着臉**說。

「**你說甚麼啊！**」猩仔興奮地叫道，「我是說，這種美味太難以詞語形容呀！我從沒吃過這麼好吃的蛋糕啊！」

「真的……？」馬齊達開心得**眼泛淚光**，「謝謝你……從沒有人稱讚過我……我生得矮小，又愛做蛋糕，所以……總是……總是被同學**取笑**……」

「猩仔，我也要一塊。」夏洛克也連忙取了一塊**塞進嘴巴**裏。

「**真的很美味呢！**」
夏洛克鼓勵道，「你不要
理會那些人，你的蛋糕
做得這麼好，一定要
繼續做呀。」

「謝謝你。」馬齊達臉上終於綻放出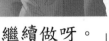
了。

「好，吃飽了。快點找方法出去吧。」猩仔
擦了一下嘴巴說。

「對。」夏洛克點點頭，又再次開始思考剛
才的謎題。

「上面的**WHY**和下面的LWRHLY有甚
麼關係嗎？」猩仔托着下巴問道。

「字母中的L和R……會不會是**左**（left）和
右（right）的意思？」馬齊達沒有信心地問。

「慢着，如果是**左**和**右**的話，難道是打開保險箱的提示？」夏洛克望着保險箱說，「因為，這種**旋轉式密碼鎖**，都必須根據正確的數字，向左和右來旋轉的。」

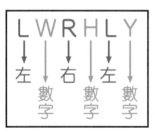

「這麼說來……夾在LWRHLY之間的WHY就代表**數字**了？」猩仔拍一拍手叫道，「我好像想到了！W可能是**等於4**。」

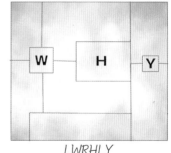

LWRHLY

「為甚麼？」

「因為有**4條線**連着它呀！」猩仔說得理

所當然。

「不對吧……」夏洛克遲疑了一會，忽然

靈光一閃，「等等，你這麼一說，

讓我想到了！答案應該跟格子的接觸

面有關，WHY從左到右分別代表

4、4、2！」

為甚麼是442？
想不到也沒關係，
答案可在第79頁找到。

夏洛克說完，馬上跑到保險箱，驗證自己的

推理有沒有錯。他把保險箱的密碼鎖向左轉動

了4下，再向右轉動4下，

接着向左又轉動了2下。突

然，「咔」的一聲，保

險箱應聲而開。果然，

「*LWRHLY*」

就是打開保險箱門

的提示。

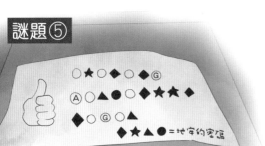

然而，當他們打開保險箱後，卻看到裏面只有**一張紙**。

　　猩仔取出紙張一看，就興奮地叫道：「應該是樓梯上那道門的密碼呢！」

　　然而，他想了想，很快就發現不對：「剛才的密碼鎖上只有英文呀，但紙上除了3個英文字母和一個**拇指圖形**外，其他的都是些**古怪符號**啊。」

　　「每串橫向的符號都包含一個字母，這暗示那些符號也代表着不同的字母。看來，我們只要透過那些**符號**，就可以把**英文密碼**推理出來。但首先要知道拇指代表甚麼……」夏洛克閉上眼睛沉思。

「那個……會不會是 GOOD……？」馬齊達戰戰兢兢地問。

「知道是GOOD有甚麼用？最重要是後面會接甚麼英文詞語呀。」猩仔不客氣地質疑。

「對不起……」

「不，你們兩個都說得對。GOOD後面接甚麼詞語，那就是答案。」夏洛克想了一下，眼前一亮，「我知道了，密碼是 NOTE！」

「真的嗎？」猩仔搶先跑上樓

梯，馬上扭動密碼輪盤，果然，當他把密碼調到「NOTE」的位置

為何密碼會是NOTE？答案可在第79頁找到。

之後，「咔嚓」一聲響起，門鎖就被打開了。

三人也終於成功**逃出生天**。

「我要回家了。」馬齊達懷着**感激**向夏洛克兩人道別，「謝謝你們剛才幫了我。」

「別客氣，假如那些傢伙夠膽再騷擾你，你一定要告訴我，讓我再揍他們一頓！」猩仔拍一拍自己的心口，**正氣凜然**地說。

「謝謝。那個……」馬齊達吸了一口氣，戰戰兢兢地問，「**我……我可以做你們的朋友嗎？**」

「你在說甚麼呀？你已經是我們的朋友呀！」猩仔搭着馬齊達的肩膀道。

「沒錯，**我們已經是朋友了！**」夏洛克也笑道。

人生的恩人

　　當福爾摩斯回神過來，已經不知不覺地把華生買來的蛋糕都**吃光了**。這蛋糕的味道就跟馬齊達所做的一樣，非常美味。他記得他們三人在那之後，間中也會一起玩玩**解謎遊戲**、吃吃蛋糕。後來馬齊達**轉校**了，大家才失去聯絡。

　　「這蛋糕你在哪兒買的？」福爾摩斯問。

　　「就在街頭那**郵局的旁邊**。」華生說，「怎麼了？還吃不夠嗎？」

　　「不，我只想去看看。」

　　福爾摩斯下樓後，就往郵局的方向走去。當

他走近華生說的那家**蛋糕店**時，一個蛋糕師傅剛好走出來，並在店外掛上「**售完**」的牌子。

那人雖然身形高大，但福爾摩斯一眼就認出來了，他就是當年那個**矮小怕事**的馬齊達！

馬齊達好像察覺有人正注視着他，於是轉過頭來望向這邊。

剎那間，他的眼神凝住了。

「**夏洛克**……？是你嗎？」馬齊達戰戰兢兢地問。

「哈哈哈，還有誰啊？當然是我啦！」福爾摩斯燦爛地笑了，「我住在**221B**，沒想到你竟在這裏開了家蛋糕店。」

馬齊達衝前緊握着福爾摩斯的手，激動地說：「好久不見啊！我一直想着你和猩仔，要不是你們的支持，我或許早就放棄了。」

「哈哈哈，我們哪有甚麼支持啊。」福爾摩斯笑道，「我和猩仔只是**饞嘴**，吃到美味的東西後**實話實說**罷了。」

「不，全因你們的鼓勵，我才能堅持自己的夢想。我常想，你們不但是從地牢把我救出來的恩人，也是我**人生的恩人**呢。」

福爾摩斯靦腆地笑了笑。

在他看來，自己並沒那麼偉大，但他再次體會到——一件看似微不足道的小事，一句小小的鼓勵說話，其實也足以影響別人的一生。

謎題①

數字其實代表英文字母的次序，
即A=1、B=2、C=3，如此類推。
所以13.9.12.11.25 3.1.11.5 = Milky Cake

謎題②

把英文字母轉成小寫，就會發現字母的「倒影」，因此答案是「Q」。

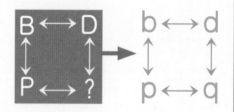

謎題③

正如紅色線要填上RED一樣，每條線都要填上該顏色的英文。最後再依號碼位置，重新排列那些英文字母，就能得出ORANGE了。

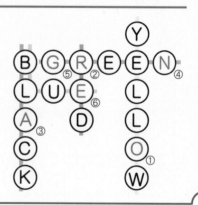

由於 W 鄰接着4個格子；H 鄰接着4個格子；而 Y 鄰接着2個格子，故密碼是442。

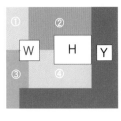
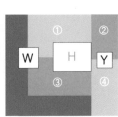

其實三句都是常用的打招呼語。比對一下每個圖案的位置，就知道答案是NOTE了。

實戰推理短篇
碎衣怪客 洗衣店謎案

　　維勒福獲**無罪釋放**的消息傳出後，令唐泰斯寢食難安。他知道**殘酷冷血**的維勒福一定會找自己報復，只好馬上撤出偵探社，與小鷹和庖屋四丑躲到一個隱密的地方。此外，他也擔心維勒福的**魔爪**會伸向前妻美蒂絲和她的

小兒子夏洛克，於是不時化身成桑代克，暗中在遠處**監視**和**保護**。

這天，他又來到豬大媽的雜貨店附近，查探一下有沒有可疑人物在夏洛克的身邊出沒，卻沒想到被猩仔**逮個正着**。

「桑代克先生！遇上你真好啊！」猩仔跑過來叫道。

桑代克見無法躲避，只好**大大方方**地回應：「你找我嗎？怎麼了？」

「哎呀！你**神出鬼沒**好難找啊！對了，你來這裏幹甚麼？找我和夏洛克幫忙

查案嗎？」猩仔**口若懸河**地說個不停，「哈哈！找我的話就找對了，我猩爺這麼聰明，一定可以幫你破——」

「別**劈哩啪啦**的說個不停，快說出重點吧！」桑代克把一隻**香蕉**塞進猩仔的嘴裏，制止他說下去。

「哇！好味道！」猩仔老實不客氣地咬了幾口，「**嘟咚**」一聲吞下香蕉後說，「來、來、來！有罪案發生了，夏洛克不知如何是好啊！」

「啊？難道豬大媽的**雜貨店**又發生了甚麼

事嗎？」

「不！是她隔壁哈梅林太太的 洗衣店 出事了！」猩仔邊說邊拉着桑代克的手就往洗衣店走去。

兩人走近後，看到 夏洛克 在洗衣店門前向他們揮手。

「啊！ **桑代克先生** ，你也來了？」夏洛克驚訝地問。

「喂喂喂！你要感激我呀！全靠我四出奔走才找到桑代克先生來幫忙的啊！」猩仔指着自己的鼻子說。

「是嗎？猩仔，辛苦你了。」

「甚麼猩仔？你應該叫我猩爺呀！」

「哎呀，別吵了，究竟發生甚麼事了？」桑代克看着兩人你一言我一語，不禁苦笑。

「是這樣的，客人拿來洗的衣服全被人弄破了，哈梅林太太正在發愁啊。」夏洛克說，

「我們想查明誰是犯人，可是卻**沒半點頭緒**，你能幫忙調查嗎？」

「衣服全被~~弄破~~了？」

「是的。你進來看看就會明白了。」

桑代克跟着夏洛克甫進店內，就看到**哈梅林太太**坐在櫃台前苦惱地看着賬簿，一個小孩卻好像沒察覺她遇上了麻煩似的，拿着一張報紙纏繞着她說：「媽媽，今天休息一天，來跟我玩吧。來啦！**跟我玩啦！**」

「對不起。媽媽有些事要處理，**你自己玩吧**。」

「哈梅林太太，不用發愁啊！我把名偵探

桑代克先生帶來了！」猩仔衝到櫃台前，沒頭沒腦地叫起來。

「啊？桑代克先生，你來了……」哈梅林太太感到意外，連忙站起來，並向兒子說，「威遜，快來跟偵探先生打個招呼吧。」

可是，威遜只向桑代克瞅了一眼，就「哼」的一聲丟下報紙，轉身攀上了樓梯。

哈梅林太太有點難為情地說：「真抱歉。犬兒以前很乖巧的，但不知怎的，最近愈來愈反叛了。」

「不打緊。」桑代克說，「聽說你遇上了麻

煩。」

「嗯……客人的衣服不知被誰弄破了，我正在發愁怎樣**籌錢賠償**。更糟糕的是，連洗衣用的**肥皂**也被偷光了。你知道，我們這種小店賺得不多，一時之間，也不知道往哪……」哈梅林太太**愁眉深鎖**地瞄一瞄桌上的賬簿說。

「放心！放心！有我蘇格蘭場幹探在，犯人是絕不能**逍遙法外**的！」猩仔說着，拍一拍夏洛克的肩膊道，「我和我的手下一定會替你抓到犯人的！」

「我不是你的手下！你也不是**蘇格蘭場幹探**！」夏洛

克生氣地反駁。

「哈哈哈，這是預先公佈，我是**未來**的蘇格蘭場幹探嘛！」猩仔臉不紅耳不赤地**自賣自誇**。

哈梅林太太看着只顧鬧着玩的猩仔不禁**啞然**，只好搖搖頭說：「抱歉，我要把洗好的衣服送去給客人，請你們**自便**吧。」說完，就拿起兩袋衣服往店外走去。

待哈梅林太太的背影消失後，桑代克才對猩仔說：「你**誇誇其談**沒有用啊，最重要的是破案。何況，抓到犯人也不等於哈梅林太太不用賠償呀，你叫她如何放心？」

「怎會？叫犯人賠不就行了？」猩仔**神氣十足**地說，「他不賠的話，就用**嚴刑**吧！」

「算了。」桑代克知道再說也沒用，就提議道，「先搜查一下**犯案現場**再說吧。」

怪客的謎題

三人穿過客廳，走到洗衣店的後院，看到那裏擺放了很多**洗衣用具**，而中央的晾衣繩上則晾曬着不少衣服。桑代克走近檢視了一下，發現這些衣服都被**刀子割破**了。而且，被割

破的位置都集中在衣服的下方,胸口以上則全都 **完好無缺**。

「為何只破壞衣服下方呢?」桑代克感到疑惑。

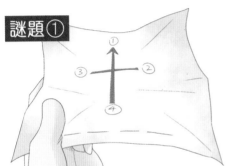

謎題①

「對了,在碰到你之前,我們還發現這個。」猩仔遞上一張攤開了的紙。

桑代克看到,紙上畫了一個帶有箭頭的 **十字形圖案**,箭頭之上有個①字,左右分別是③和②,下方則寫着個④字,而最下面還有4根小橫線。

「唔……有趣……橫線是用來填字的,看來是條 **填字謎題** 呢。」桑代克

似乎已知道 圖案的意思 ，卻又故意向兩人問

道，「你們有甚麼看法？」

　　「我們就是想不到才找你呀。」猩仔說。

　　「這圖案在 地圖 上很

常見啊。」桑代克狡點

地一笑，「應該明白了

吧？」

　　「地圖？」夏洛克

靈光一閃，「難道這圖

形與 方向 有關？」

　　「嘿嘿嘿，你已找

到答案了吧？」桑代克笑問。

　　　　　　「我知道了！」夏洛克說，

「答案是NEWS！」

　　「哎呀！你怎麼又搶答啊！」

你知道答案為甚麼是
NEWS嗎？不知道的話，
可以看第122頁的解答。

猩仔大聲投訴，「我剛想說出答案呀！」

「是嗎？那麼你說說看，為甚麼答案是 NEWS？」桑代克問。

「NEWS……是**新聞**的意思，是指**報紙**吧？」猩仔問。

「剛才威遜不是拿着一張**報紙**嗎？會不會有甚麼關係？」夏洛克忽然想到這裏，馬上走去把威遜丟下的報紙拿來。

「唔？報紙上剪了個**缺口**呢。」猩仔感到奇怪，「缺口的旁邊還刊載着一個人的**訪問**呢。」

「呀！**我認得這個人！**」夏洛克指着報上的照片說，「數天前他曾在店頭跟哈梅林太太**吵了一場架**！」

「**吵架？**」桑代克眼前一亮。

「對！當時我正在雜貨店幫忙，遠遠看到他很激動地跟哈梅林太太說話。但距離太遠了，我聽不見他們說甚麼，只記得這個人最後**氣沖沖**地走了。」

「哎呀，這麼重要的情報你該早點說呀！」
猩仔借故教訓。

桑代克細閱了報紙上的訪問，
得悉那名男子叫**艾佛臣**，
是一位以**獨特的圖案**
設計而聞名的設計師，正
在舉行**個人展覽**。

接着，他又看了看報紙的背面，然後向猩仔
兩人提議：「為免**打草驚蛇**，我們喬裝成參
觀者去看看他的展覽吧。」

「好呀！這次該輪到我來當你的兒子了！」
猩仔高興地說。

「**狗是生不出大猩猩的**，你死心吧。」
桑代克沒好氣地說。

一個小時後，三人走進艾佛臣工作室旁邊的 展覽廳 ，發現已有一些人在參觀。令人感到 不可思議 的是，整個展場除了在一堵牆及一塊地板上畫了 極具特色的 圖案 外，就只有一些招呼來賓的桌椅，其餘甚麼展品也沒有。

「我以為會展出很多作品，怎會甚麼也沒有？」猩仔**摸不着頭腦**。

「是啊，**太奇怪**了。」夏洛克也感到不可思議。

「你們看看那兒。」桑代克指着那堵繪畫了圖案的牆說，「這不像是一個**智力謎題**嗎？」

「謎題？我們在洗衣店後院也找到謎題，難道犯人真的是艾佛臣？」猩仔興奮地問。

「不可單憑這點就認定他是**犯人**呀。」桑代克說。

「不如先解開**牆上的謎題**，看看能否證明與艾佛臣有關吧。」夏洛克提議。

「這建議不錯。那麼，

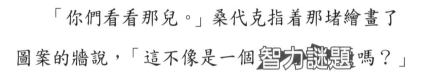

謎題就交給你們來破解吧。」桑代克**別有意味**地一笑,「我去找艾佛臣聊天,看看能否套出有用的情報。」

「好哇!夏洛克,我們鬥快解謎吧!我贏了,你就要認我做**乾哥哥**!」猩仔**興高采烈**地說。

「我才不要!」夏洛克抗議。

「那就**鬥筷**吧!」

「哼,我一定會快過你!」說完,夏洛克立

謎題②

即緊盯着那堵牆拚命地思考。

他看到，牆壁分成**9個方形**，其中1個方形畫上了1個問號，其餘8個方形則再細分為**20個小方形**，它們有的黑、有的白，組成了不同圖案。

「是要我們推理出『**?**』是甚麼圖案吧……？」猩仔自言自語，「但是，這些黑白色的小方形……好像**沒甚麼規律**呀。」

「一定有規律的，只是我們沒看出來罷了。」夏洛克皺起眉頭說。

「可是無論**從左看過去**，還是**從右看過去**，都看不出規律呀。」猩仔搔頭。

「不一定從左或右看吧……？」夏洛克忽然

靈光一閃，「啊！是要**打直看**。」

「打直看？怎麼打直看呀？」

「我們是在比賽呀！怎可告訴你？」

「哼！你不告訴我的話，我就出絕招——**拉屎神功**吧！」猩仔突然腰一沉，兩腿猛地

張開，並大叫一聲，

「**我唏———！**」

「哇！好了、好了！千萬不要出拉屎神功，我把答案告訴你吧！」夏洛克慌忙從口袋裏拿

出紙筆，畫了一個圖案遞過去。

「這……為甚麼這就是答案？」猩仔**不明所以**。

夏洛克是如何推理出答案呢？
想知道的話，可以看
第122頁的解答。

「你又不是我乾哥哥，我沒**義務**回答你。」

「就算你說這是答案，也沒有任何意義呀。」猩仔**不服輸**地說。

「沒意義？你不覺得這圖案跟這兒的**地板**很像嗎？」夏洛克指着地板說。

「啊？」猩仔看看手上的圖案，又對比了一下地板，發現它們的格子數量是**完全一樣**的。

「這麼說來，倒是很像。難道是要我們忽略黑色的地板嗎？」猩仔問。

「忽略？啊！我明白了！」夏洛克被猩仔一言驚醒，「地板隱藏着一個意思！」

「意思？甚麼意思呀？」猩仔搔一搔自己後腦問。

「你看不到地板上的**英文字母**嗎？」

謎題③

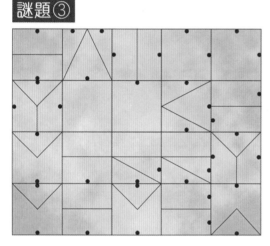

「字母？哪有字母呀？只有一些奇怪圖案罷了。」

「圖案上那些黑點代表『忽略』，還不明白嗎？」

「你可以說得清楚一點嗎？」

「地板上寫着*Will you marry me* 呀！」

你能否從地板上看出 Will you marry me呢？看不出的話，可以看第123頁的解答。

「Will you marry me？難道是求婚？」

「你們說得沒錯，的確是**求婚**。」一個聲音從背後響起，猩仔和夏洛克回頭一看，原來桑代克與艾佛臣已站在他們身後。

「這次展覽的主題是『**愛**』，我想借這次展覽向我的**女朋友**求婚，所以在作品中隱藏了求婚的訊息。沒想到，你們比我的女朋友更早解開這謎題呢。」艾佛臣解釋說。

「**哈哈，非常抱歉。**」猩仔沒有半點歉意地說，「我是未來的蘇格蘭場幹探嘛，看到謎題就忍不住要把它**破解**啊。」

夏洛克看了看艾佛臣，又看了看桑代克，有點遲疑地問：「那個⋯⋯艾佛臣先生他⋯⋯」

　　「他不是犯人。」桑代克**直截了當**地說，「我已經查問過了。」

　　「但那天我看到他跟哈梅林太太吵架⋯⋯」

　　「你是指洗衣店的老闆娘嗎？那天我趕着出席一個活動，卻沒法取回一套西裝，**情急之下**有點激動罷了。我絕對無意跟老闆娘**吵架**啊。」

　　「啊⋯⋯原來是我**誤會**了？非常抱歉。」夏洛克連忙道歉。

　　「沒關係，我當時確是**過分激動**了。」艾佛臣有點不好意思地說。

弄清楚一切後，三人就告辭了。

路上，夏洛克再次為自己提供**錯誤情報**致歉，桑代克卻說：「在調查過程中，可能會找到很多疑犯，得到的證據或許有真有假，只要**逐步排除**當中的不可能，留下的就一定是**正確答案**了。」

「我明白了。」夏洛克點點頭。

「嘿嘿嘿！我是**例外**啊！我一眼就能分出真假，一定不會抓錯人！」猩仔拍一拍自己心口，**自信滿滿**地說。

再度碎衣

三人回到洗衣店的時候，哈梅林太太正提着洗衣籃從後院走進客廳，她一看到桑代克，就焦急地說：「**偵探先生，又有衣服被弄破了！**」

「又被弄破了？在哪兒？讓我們看看！」猩仔興奮地搶問。

「是 洗衣籃 裏的衣服，本來準備今天洗的。」哈梅林太太放下洗衣籃說。桑代克翻了翻那些被破壞了的衣服，發覺這次破爛得比較 徹底，不像上次只弄破衣服的下半部分。

「啊，對了，洗衣籃內還留下了這個。」哈梅林太太遞上一張紙。

桑代克

接過紙張細看，發現紙上畫着一隻張開的手掌 和一個緊握的拳頭，兩者的下方還分別寫着 126 及 354Ɛ。

「犯人又留下謎題了？這分明是**挑釁**吧！」猩仔說。

「嗯，看來犯人**惟恐天下不亂**，很想引起別人注意呢。」桑代克想了想，「哈梅林太太，非常抱歉，你可以回避一下嗎？我們要**討論一下案情**。」

「好的，我也要處理一下這些衣服。」哈梅林太太提着洗衣籃，走出了客廳。

「還討論甚麼？該爭取時間去抓犯人呀！」猩仔**手舞足蹈**地說。

「你冷靜一下好嗎！」夏洛克不滿地說，「艾佛臣又不是犯人，我們往哪去抓啊？」

「嘿嘿嘿……」桑代克狡黠地一笑，「其實，

我已經知道犯人是誰了。」

「真的嗎？為甚麼不早說？」猩仔緊張地叫道，「快告訴我！我去把他抓來！」

「對，知道的話，該馬上把他抓住呀！」難得這次夏洛克也贊同。

「不，這案子有點特別，我希望犯人向哈梅林太太自首。」

「犯人會自首嗎？他到底是誰？」夏洛克問。

「對！是誰？」猩仔也緊張地問。

「嘿嘿嘿，要知道犯人是誰，先要想通兩

點。第一，為甚麼犯人最初只弄破衣服的下方，但這次卻整件弄破？第二，報紙上的缺口有何含意？」

「犯人可能只是隨機弄破衣服，沒有必要研究原因啊！」猩仔說。

「不，犯人之所以只破壞衣服下方，是因為他長得不夠高，當衣服掛在晾衣繩上時，就只能割破它們的下方。但這次衣服放在洗衣籃內，沒有高度問題，他就可以整件破壞了。」桑代克詳細分析。

「原來是這樣！」夏洛克恍然大悟。

「關於剪報，你們只留意到艾佛臣的照片，卻忽略了**報紙背後**其實有一幅填字遊戲。」桑代克從口袋裏拿出報紙，指着它的背面說，「看！

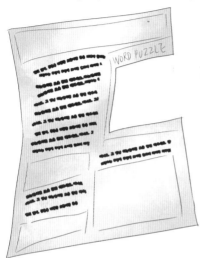

填字遊戲剛好被剪了下來。綜合以上兩點，再加上剛才那兩隻手的謎題，疑犯只可能是——」

「難道是他？」夏洛克眼前一亮。

「甚麼？甚麼？你們在說誰呀？」猩仔心急地問。

「看來你已知道答案，可以幫我去勸他向

哈梅林太太自首嗎？」
桑代克蹲下來，輕按
着夏洛克的肩膊說。

「我？可是……」夏
洛克不禁遲疑起
來。

「像我這樣一個**陌生大叔**，犯人不容易
對我**打開心窗**。你是小孩子，又認識他，勸
起來更容易啊。」

「我明白了。」夏洛克點點頭。

「喂喂喂！你們在說誰啊？我也想幫忙
呀！」被冷落在一旁的猩仔**鼓起腮子抗議**。

「你嘛，也有一個**重要的任務**啊。」桑代

克笑道，「哈梅林太太不是說被偷光了洗衣用的  肥皂 嗎？我估計它們被犯人藏在院子附近，那是重要證物，你身為未來的蘇格蘭場幹探，一定要把它們找出來啊。」

「**重要證物？**」猩仔兩眼發光，「好！包在我身上！」

話音未落，他已飛奔到外面去了。

「**喂喂喂**，輪到你出動了。」桑代克說罷，領着夏洛克一起走上了一樓。這時，他們聽到一個房間傳來了一點響聲，桑代克在夏洛克耳邊交代了一下，又把**一張紙**塞到他的口袋中。夏洛克點點頭，然後走過去輕輕地叩了

一下門，說：「威遜，我是夏洛克，可以進來嗎？」

「你來幹嗎？」門後傳來威遜冷淡的回應。

「我想和你玩猜謎遊戲呀，你想玩嗎？」

「真的嗎？好呀！」話音剛落，威遜已「砰」的一聲打開房門，興高采烈地把夏洛克拉進房中，看來他很想與人一起玩耍。

「我來出題，你負責解答，怎樣？」夏洛克依照桑代克的指示說，「六角形加

謎題④

上甚麼英文字母可以變成立方體呢？」

「六角形……Hexagon嗎?」威遜問。

「不,你想錯方向了。雖然是加上英文字母,但與寫法無關。你可以試試從 圖形 方面去想。」

威遜沉思片刻,突然靈光一閃地說:「呀,我知道了!

答案是Y!

六角形加上Y就能變成立方體,是否很神奇呢?想知道原因,可以看第123頁的解答。

「好厲害!你答對了!」夏洛克拍手讚道。

「謝謝!」威遜開心地笑了。

「那麼這題又如何?」夏洛克掏出桑代克給他的那張紙,遞了過去。

威遜看到紙上的 手掌 和 拳頭 時,面色馬上發青。

「我……不知道!我不玩了!你走吧!」

謎題⑤

夏洛克雖然聽得出威遜的聲音微微顫抖，但仍**死咬不放**：「不，你知道答案。因為，**你就是出題者！**」

「我……我不知道你說甚麼！」威遜更加害怕了。

「這問題是在洗衣籃裏找到的，而答案就是**Wilson**，也就是你！」

知道答案為甚麼是Wilson嗎？詳細可以看第123頁的解答。

「我……我……」威遜不知如何辯解。

「你弄破了客人的衣服後，故意留下指證自己就是犯人的謎題，目的是想你媽媽多留意你，陪你去玩吧？但你知道你媽媽為此**有多苦惱**嗎？」

「她只顧工作，完全不理我！我只好破壞她

的工作，讓她知道我的厲害！」威遜快要哭起來似的大叫。

「你錯了，你媽媽是為了你才那麼努力工作呀。」夏洛克**語重心長**地說。

「為了我？」

「我很明白你的心情。我的爸爸早前離家出走，我很傷心，也曾因此而**自暴自棄**。」夏洛克說，「有一次我在學校跟同學打架，弄得**滿身傷痕**，不知道該如何跟媽媽解釋。但沒想到媽媽看到後，非但沒有責怪我，反而憂心地為我**處理傷口**。」

「嗚……」

威遜輕聲地啜泣。

「媽媽幫我包紮好後，還柔聲地問我為甚麼要打架。可是我已經哭成淚人，無法回答。我還記得媽媽當時抱着我說：『不要再弄傷自己了，媽媽很心痛。』那一刻，我知道自己錯了，就立誓一定不再讓媽媽傷心了。」

「……」威遜聽着聽着，已停止啜泣，他抬起頭來靜靜地看着夏洛克。

「沒有媽媽不關心孩子的，你媽媽是為了讓你生活得更好，才這麼努力工作啊。如果你真的想她多花時間陪你玩，直接告訴她就可以了。做一些令她傷心困擾的事，她要花好多時間去處理，不是更沒有時間陪你玩嗎？」

「對不起……我錯了。但是……媽媽會原諒我嗎?」

「她一定會原諒你的。」夏洛克為威遜擦去臉頰上的眼淚,溫柔地笑道。

一直在**門外偷聽**的桑代克,心中不禁暗暗感歎:「美蒂絲……你真是**教導有方**,教出了一個這麼**出色的兒子**。」從夏洛克那令人感動的舉止中,他還看到了美蒂絲那溫柔善良的身影。

桑代克輕手輕腳地退到樓下，放下了一小袋金幣，並附上一張 便條 。

哈梅林犬犬：
　　我們已抓到犯人了，這袋金幣是他作出的賠償。不過，犯人也有他的隱衷，希望你不要再追究他。

當他想悄悄地離去時，卻看到猩仔捧着一個水桶回來了。

「你不是去找證物嗎？拿一個水桶來幹甚麼？」桑代克驚訝地問。

「哎呀，找不到證物嘛，但我擔心哈梅林太太沒肥皂洗衣服，就用這個來頂替囉！」猩仔

理所當然似的把水桶舉到桑代克的面前。

「**哇！好臭！**這是甚麼？」桑代克不禁掩鼻大叫。

「是本少爺的**尿水**呀！」猩仔揚揚得意地說，「據說在發明肥皂之前，人們都是用尿來洗衣服的。不信的話，你拿一點回去洗洗看。」

聞言，桑代克腳一歪，幾乎摔倒在地上。

謎題②

只要把這些圖案分成三組來看，就能看出把①和②加起來，等於③。

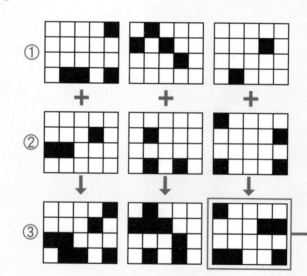

謎題③

對照謎題2的答案，忽略與黑色格子相同位置的圖案。然後把有「●」附着的線條刪去，就會發現第一個方格其實是「W」。用同樣方法解讀其餘的方格，就會得出答案：「WILL YOU MARRY ME」。

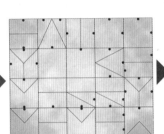 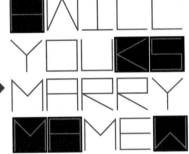

謎題④

為甚麼六角形加上Y會變成立方體？首先畫一個正六角形，然後在它的中間加上一個Y字看看吧。

謎題⑤

在猜拳中，包是勝方，而拳是負方。由於圖中有個被刪去的「E」字，所以數字也應是英文字母，並可推論出它們代表WIN與LOSE。只要依數字把字母重新排列，就會得到「Wilson」(威遜)這個答案了。

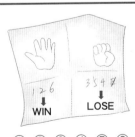

蛋糕①

華麗的蛋糕令人開心。

嘿，你的蛋糕太寒酸了。

……

別小看我的蛋糕，

它可令人更開心。

怎麼做？

這樣做！

哇呀！

蛋糕②

咦？我的蛋糕不見了！

我把蛋糕放在安全地方了！

謝謝！

即是在哪兒？

我的肚子裏！

衣服① 衣服②

在古羅馬時期，
尿液很有用。

抓到你了！
碎衣怪客！

洗衣服

施肥

因此，當時尿液
還可拿來賣錢
呢。

你誤會了，
我不是碎衣怪客。

還想狡辯？

慘了！

?

我碎衣只是
為了時尚！

FASHION

早知尿那麼值錢，
我就不尿床啦。

昨晚又尿床了。

大偵探 福爾摩斯 實戰推理系列

SHERLOCK HOLMES

神秘老人的謎題 ①

原案&監修 / 厲河　　小說&繪畫 / 陳秉坤

着色 / 陳沃龍、徐國聲　　封面設計 / 陳沃龍　　內文設計 / 麥國龍

編輯 / 郭天寶、蘇慧怡、黃淑儀

出版

匯識教育有限公司

香港柴灣祥利街9號祥利工業大廈2樓A室

承印

天虹印刷有限公司

香港九龍新蒲崗大有街26-28號3-4樓

發行

同德書報有限公司

九龍官塘大業街34號楊耀松（第五）工業大廈地下

電話：(852)3551 3388　　傳真：(852)3551 3300

想看《大偵探福爾摩斯》的
最新消息或發表你的意見，
請登入以下facebook專頁網址。
www.facebook.com/great.holmes

購買圖書

第一次印刷發行

©Lui Hok Cheung

©2021 Rightman Publishing Ltd. All rights reserved.

2021年7月

翻印必究

ISBN:978-988-74721-8-6

港幣定價 HK$60

台幣定價 NT$300

發現本書缺頁或破損，
請致電25158787與本社聯絡。

網上選購方便快捷　　購滿$100郵費全免
詳情請登網址 www.rightman.net

1 追兇20年
福爾摩斯根據兇手留下的血字、煙灰和鞋印等蛛絲馬跡,智破空屋命案!

2 四個神秘的簽名
一張「四個簽名」的神秘字條,令福爾摩斯和華生陷於最兇險的境地!

3 肥鵝與藍寶石
失竊藍寶石竟與一隻肥肥鵝有關?福爾摩斯略施小計,讓盜寶賊無所遁形!

4 花斑帶奇案
花斑帶和口哨聲竟然都隱藏殺機?福爾摩斯深夜出動,力敵智能犯!

5 銀星神駒失蹤案
名駒失蹤,練馬師被殺,福爾摩斯找出兇手卻不能拘捕,原因何在?

6 乞丐與紳士
紳士離奇失蹤,乞丐涉嫌殺人,身份懸殊的兩人如何扯上關係?

7 六個拿破崙
狂徒破壞拿破崙塑像並引發命案,其目的何在?福爾摩斯深入調查,發現當中另有驚人秘密!

8 驚天大劫案
當鋪老闆誤墮神秘同盟會騙局,大偵探明查暗訪破解案中案!

9 密函失竊案
外國政要密函離奇失竊,神探捲入間諜血案旋渦,發現幕後原來另有「黑手」!

10 自行車怪客
美女被自行車怪客跟蹤,後來更在荒僻小徑上人間蒸發,福爾摩斯如何救人?

11 魂斷雷神橋
富豪之妻被殺,家庭教師受嫌,大偵探破解謎團,卻墮入兇手設下的陷阱?

12 智救李大猩
李大猩和小兔子被擄,福爾摩斯如何營救?三個短篇各自各精彩!

13 吸血鬼之謎
古墓發生離奇命案,女嬰頸上傷口引發吸血殭屍復活恐慌,真相究竟是……?

14 縱火犯與女巫
縱火犯作惡、女巫妖言惑眾、愛麗絲妙計慶生日,三個短篇大放異彩!

15 近視眼殺人兇手
大好青年死於教授書房,一副金絲眼鏡竟然暴露兇手神秘身份?

16 奪命的結晶
一個麵包、一堆數字、一杯咖啡,帶出三個案情峰迴路轉的短篇故事!

17 史上最強的女敵手
為了一張相片,怪盜羅蘋、美艷歌手和蒙面國王競相爭奪,箇中有何秘密?

18 逃獄大追捕
騙子馬奇逃獄,福爾摩斯識破其巧妙的越獄方法,並攀越雪山展開大追捕!

19 瀕死的大偵探
黑死病肆虐倫敦,大偵探也不幸染病,但病菌殺人的背後竟隱藏着可怕的內情!

20 西部大決鬥
黑幫橫行美國西部小鎮,七兄弟聯手對抗卻誤墮敵人陷阱,神秘槍客出手相助引發大決鬥!

21 蜜蜂謀殺案
蜜蜂突然集體斃命,死因何在?空中懸頭,是魔術還是不祥預兆?兩宗奇案挑戰福爾摩斯推理極限!

22 連環失蹤大探案
退役軍人和私家偵探連環失蹤,福爾摩斯出手調查,揭開兩宗環環相扣的大失蹤之謎!

23 幽靈的哭泣

老富豪被殺，地上留下血字「phantom cry」（幽靈哭泣），究竟有何所指？

24 女明星謀殺案

英國著名女星連人帶車墮崖身亡，是交通意外還是血腥謀殺？美麗的佈景背後竟隱藏殺機！

25 指紋會説話

詞典失竊，原本是線索的指紋，卻成為破案的最大障礙！此案更勾起大偵探兒時的回憶，少年福爾摩斯首度登場！

26 米字旗殺人事件

福爾摩斯被捲入M博士炸彈勒索案，為嚴懲奸黨，更被逼使出借刀殺人之計！

27 空中的悲劇

馬戲團接連發生飛人失手意外，三個疑兇逐一登場認罪，大偵探如何判別誰是兇手？

28 兇手的倒影

狐格森身陷圖圄！他殺了人？還是遭人陷害？福爾摩斯為救好友，智擒真兇！

29 美麗的兇器

記者調查貓隻集體自殺時人間蒸發，大偵探明查暗訪，與財雄勢大的幕後黑手鬥智鬥力！

30 無聲的呼喚

不肯説話的女孩目睹兇案經過，大偵探從其日記查出真相，卻使真兇再動殺機，令女孩身陷險境！

31 沉默的母親

福爾摩斯受託尋人，卻發現失蹤者與昔日的兇殺懸案有千絲萬縷的關係，到底真相是……？

32 逃獄大追捕II

刀疤熊藉大爆炸趁機逃獄，更擄走騙子馬奇的女兒，大偵探如何救出人質？

33 野性的報復

三個短篇，三個難題，且看福爾摩斯如何憑一個圖表、一根蠟燭和一個植物標本解決疑案！

34 美味的殺意

倫敦爆發大頭嬰疾患風波，奶品廠經理與化驗員相繼失蹤，兩者有何關連？大偵探誓要查出真相！

榮獲2017年香港出版雙年獎頒發「出版獎」。

35 速度的魔咒

單車手比賽時暴斃，獨居女子上吊身亡，大偵探發現兩者關係殊深，究竟當中有何內情？

榮獲2017年香港教育城「第14屆十本好讀」頒發「小學生最愛書籍」獎及「小學組教師推薦好讀」獎。

36 吸血鬼之謎II

德古拉家族墓地再現吸血鬼傳聞，福爾摩斯等人為解疑團，重訪故地，究竟真相為何？

37 太陽的證詞

天文學教授觀測日環食時身亡，大偵探從中找出蛛絲馬跡，誓要抓到狡猾的兇手！

38 幽靈的哭泣II

一大屋發生婆媳兇殺案，兩年後大屋對面的叢林傳出了幽靈的哭聲，及後林中更有人慘遭殺害。究竟兩宗兇案有何關連？

39 綁匪的靶標

富豪兒子遭綁架，綁匪與警方對峙時被殺，肉參下落不明。大偵探出手調查，卻發現案中有案？

40 暴風謀殺案

氣象站職員跳崖自殺、老人被綁着殺死，兩宗案件竟然都與暴風有關？

41 湖畔恩仇錄

青年涉嫌弒父被捕，大偵探調查後認為對方清白，此時嫌犯卻突然認罪，究竟真相為何？

42 連環殺人魔

六個黑幫分子先後被殺，華生恩師赤熊也命喪街頭，同時一齣電影的拷貝盡數被毀，究竟彼此有何關連？